Chère Mamie au pays du confinement

De la même autrice :

Le Premier Jour du reste de ma vie, City, 2015 ; Le Livre de Poche, 2016.

Tu comprendras quand tu seras plus grande, Fayard, 2016 ; Le Livre de Poche, 2017.

Le parfum du bonheur est plus fort sous la pluie, Fayard, 2017 ; Le Livre de Poche, 2018.

Il est grand temps de rallumer les étoiles, Fayard, 2018 ; Le Livre de Poche, 2019.

Chère Mamie, Fayard/LGF, 2018, au profit de l'association www.cekedubonheur.fr.

Quand nos souvenirs viendront danser, Fayard, 2019 ; Le Livre de Poche, 2020.

Et que ne durent que les moments doux, Fayard, 2020.

VIRGINIE
GRIMALDI

Chère Mamie au pays du confinement

FAYARD / LE LIVRE DE POCHE

Couverture : Studio LGF. © Hilary Graphic / Shutterstock.

Photographies : © Virginie Grimaldi, collection particulière.
p. 76 : © iStock
p. 176 : © iStock
La peinture figurant p. 144 (à droite) est une œuvre de Lorenzo Lippi, « Allégorie de la simulation », que vous pouvez découvrir au Musée des Beaux-Arts à Angers.
Source p. 202 : https://www.huffingtonpost.fr/entry/en-confinement-un-couple-sur-cinq-na-plus-de-rapport-sexuel_fr_5eb0141dc5b64d204963921b

ISBN : 978-2-253-07868-5

Pour mes grands-parents

Pour celles et ceux
qui nous ont portés
pendant 55 jours

Bordeaux, 13 juillet

55 jours.
Du mardi 17 mars au lundi 11 mai 2020, pour se protéger de la pandémie de Covid-19, nous avons eu l'obligation de rester confinés chez nous. Nous ne pouvions sortir qu'en cas de nécessité absolue, et uniquement munis d'une attestation. Les rues se sont vidées, les commerces ont baissé les rideaux, et une forme de sidération nous a enveloppés.
Puis, peu à peu, alors qu'on n'y aurait pas cru si on nous l'avait annoncé quelques mois plus tôt, être confiné est devenu normal. On s'est adaptés, chacun à sa manière, chacun selon ses capacités.
On a fait cours à nos enfants, on a trinqué par écran interposé, on a fabriqué du pain, on a rangé chaque recoin, on a

applaudi à 20 heures, on a eu le manque de nos proches, on a arrêté de regarder les infos, on a eu peur pour les nôtres, on a mangé beaucoup de pâtes, on a fabriqué des masques, on s'est irrité les mains, on est devenus claustrophobes, on a pris des résolutions, on s'est mis à la lecture/couture/sieste/peinture. On n'a jamais été aussi séparés, pourtant on ne s'est jamais sentis aussi proches. Les réseaux sociaux n'ont jamais aussi bien porté leur nom.

Le premier jour, comme on lance un SOS, j'ai écrit un texte sur Instagram et Facebook. J'avais besoin de conjurer l'angoisse, et, comme à chaque fois que cela m'arrive, l'humour vient à la rescousse. Tourner en dérision ce qui m'effraie, c'est un peu mon mode de fonctionnement. Vos retours, vos rires, vos mots, m'ont encouragée à continuer. Chaque jour, ou presque, j'ai écrit, sous forme de « lettre à mamie », un journal de confinement. La vie se chargeait de me fournir l'inspiration, et je ne manquais pas de grossir le trait, pour vous distraire, pour *me* distraire.

Rapidement, je me suis dit que, si je tenais toute la durée du confinement, ce serait formidable de pouvoir en faire bénéficier celles et ceux qui se sont sacrifiés pour nous sauver : les soignants. On se sentait si impuissants, chaque soir, en applaudissant à nos fenêtres...
Mes éditrices ont immédiatement validé l'idée. En 2018, déjà, nous avions sorti un recueil de « Chère mamie », dont tous les bénéfices ont été (et sont encore) reversés à l'association CéKeDuBonheur, qui œuvre pour les enfants hospitalisés.
Nous allions créer un nouveau recueil.
Nous avons cherché l'association, qui pourrait correspondre à notre souhait. La Fondation Hôpitaux de Paris-Hôpitaux de France s'est vite imposée : à travers de nombreuses actions, elle améliore le quotidien des soignants, des patients et des aidants, au sein des hôpitaux et des EHPAD français. À titre personnel, j'ai déjà pu être témoin de leur importance dans des services qui en ont grandement besoin. Je suis heureuse de pouvoir leur apporter ma petite contribution.

Quand je vous ai annoncé la parution prochaine de ce recueil, vous êtes plusieurs à m'avoir confié qu'il serait comme un témoin de cette drôle de période, que l'on ferait lire plus tard à nos petits-enfants. C'est très émouvant, de penser que l'on a tous vécu la même chose au même moment. Je suis très touchée d'avoir fait partie de votre confinement. Vous avez fait partie du mien.

Je vous embrasse, et je vous laisse retrouver ma chère mamie.

Virginie

Confinement : jour 1

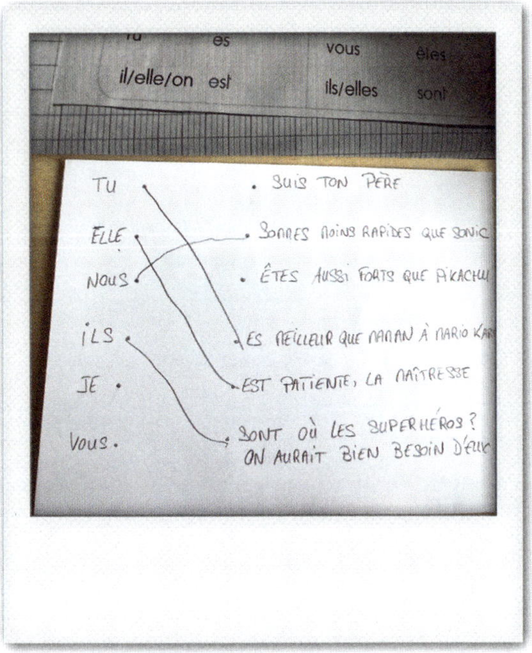
es
vous
êtes
il/elle/on
est
ils/elles
TU
ELLE
NOUS
ILS
JE
VOUS
SUIS TON PÈRE
SOMMES MOINS RAPIDES QUE SONIC
ÊTES AUSSI FORTS QUE PIKACHU
ES MEILLEUR QUE MAMAN À MARIO
EST PATIENTE, LA MAÎTRESSE
SONT OÙ LES SUPERHÉROS ?
ON AURAIT BIEN BESOIN

16 mars 2020

Chère mamie,

j'espère que tu vas bien et que papy aussi.
Premier jour de confinement,
premier jour de cours à la maison.
Pour l'instant, je gère, j'ai même
personnalisé les exercices,
comme tu peux le voir.
J'espère qu'il n'y aura pas de divisions,
sinon je devrai apprendre à mon fils
à se servir d'une calculatrice.
Je n'ai jamais compris comment ça
marchait, à chaque fois que la maîtresse
traçait une division au tableau,
je croyais qu'on allait jouer au pendu.
Ensuite, il a fallu occuper les heures.
On a donc joué au Yam, au Lynx,
au Chabyrinthe, au Cluedo, on a fait
de la peinture et de la gym, on a cherché
des insectes dans le jardin, on a vérifié
sur mon menton si j'aimais le beurre,
j'ai répondu à 46 832 « maman »,
76 558 « regarde », j'ai prononcé
34 « attends, je m'occupe de ton frère »,
36 544 « bravo chéri » et 3 « laisse

maman faire pipi tranquille », j'avoue qu'à un moment, j'ai songé à me faire disparaître avec le chandelier du colonel Moutarde. Ça va être long. Je te laisse, je dois aller m'extasier devant un caillou.

Bisous à toi et à papy,
prenez bien soin de vous.

Ginie

P-S : j'espère que vous avez trouvé du papier toilette, il paraît que le triple épaisseur se porte désormais en rivière autour du cou.

Confinement :
jour 2

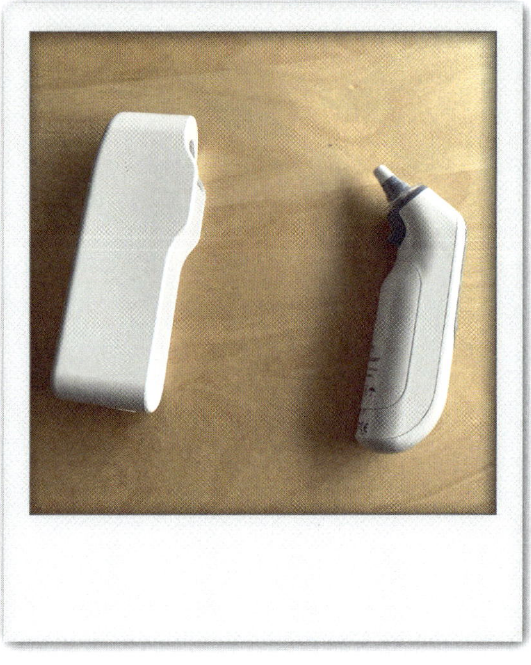

17 mars 2020

Chère mamie,

j'espère que tu vas bien et que papy aussi.
J'ai le nez bouché depuis hier soir,
donc je prends ma température
toutes les trois minutes, la dernière fois
l'écran du thermomètre a affiché
« Tu m'emmerdes ».
Cela ne m'a pas empêchée de donner
cours à mon fils. Aujourd'hui, c'était
grammaire et géométrie, je ne dis pas
que je n'ai pas envisagé de m'ouvrir
les veines avec l'équerre.
L'enfant n'arrêtait pas d'interrompre
la leçon pour me raconter des histoires
de Pokémon, je lui ai donc demandé
s'il faisait pareil à l'école, ce à quoi
il a répliqué que non, bien sûr,
mais qu'à l'école la maîtresse
ne faisait pas cours en culotte.
Le plus petit fêtait ses huit mois,
pour l'occasion on a préparé des crêpes
et on les a dégustées devant lui, pendant
qu'il se tapait une purée de brocolis.

Il ne parle pas, mais son regard si, et je peux t'assurer qu'il m'a insultée. Ne leur dis pas, parce que ce n'est que le début et que je risque de changer d'avis, mais, à plusieurs reprises, je me suis dit que c'était quand même une chance, tout ce temps passé avec eux.
Je vais aller prendre ma température.

Bisous à toi et à papy.

Ginie

P-S : vous mangez quoi, ce soir ?
Nous, gratin de papier toilette.

Confinement :
jour 3

Ressenti :
jour 300

18 mars 2020

Chère mamie,

j'espère que tu vas bien et que papy aussi. J'ai enfin compris que le thermomètre blanc se mettait dans l'oreille, mais malheureusement trop tard, il a fondu. Aujourd'hui, on n'a pas fait cours, c'est mercredi. À la place, on a joué au Monopoly, et à la quatrième partie j'ai décidé d'un commun accord unilatéral que, désormais, on ferait cours tous les jours, sans passer par la case départ. On a aussi joué au ballon dans le jardin, mais ça aussi on va arrêter. J'avais beau répéter à mon cher enfant qu'il fallait faire attention, que ce n'était pas le moment d'aller aux urgences, il n'a rien trouvé de mieux que de s'étaler comme un domino. Il s'est mis à pleurer en se tenant la jambe, je me suis précipitée vers lui et j'ai convoqué toutes mes connaissances médicales acquises au terme de longues années d'études d'hypocondrie pour m'assurer que rien n'était cassé. Rien ne l'était,

et c'était heureux car, si tel avait été
le cas, j'aurais dû vider nos stocks
de Mako moulages pour lui faire un plâtre.
Ne t'inquiète pas, ça n'arrivera plus,
je l'ai enroulé dans du papier bulle
et j'ai bien scotché. Il fait de drôles
de bruits, mais vaut mieux être
bruyant que mort.
Son petit frère ne m'épargne pas
non plus. Maintenant qu'il sait
se retourner sur le ventre et sur le dos,
il roule dans tout le salon, on dirait
Stephan Eicher.
Combien de temps, combien de temps,
cela va durer ?

Gros bisous à toi et à papy.

Ginie

Confinement : jour 4

Ressenti : jour 4000

19 mars 2020

Chère mamie,

j'espère que tu vas bien et que papy aussi.
Ici ça va, enfin surtout pour mes angoisses,
elles vivent leur meilleure vie. J'ai arrêté
de prendre ma température,
parce que c'est les giboulées de mars
dans le thermomètre : un coup
je suis fraîche, l'instant d'après
je suis un fer à repasser en mode coton.
Mon rhume n'est pas passé,
et j'ai désormais mal à la gorge.
Enfin, mal est un bien grand mot, disons
que quand je me focalise sur ma gorge,
j'arrive à ressentir de légers picotements.
Vivement qu'on sorte de cette période,
parce que, si le coronavirus ne me tue
pas, l'angoisse s'en chargera.
Heureusement que mon fils est là
pour me changer les idées. Après l'atelier
peinture, l'atelier pixel art et l'atelier roi
du silence, nous avons innové
avec l'atelier peigne fin.
Il se plaignait de démangeaisons
depuis un moment, j'accusais son père

de mal lui rincer les cheveux
après le shampoing, ce dernier
n'était pas loin de me shampouiner
la langue quand on s'est aperçus que
notre cher enfant accueillait son poids
en poux sur sa tête. Pas plus tard qu'hier,
on avait repéré un rat dans notre jardin,
apparemment les animaux m'ont prise
pour Noé. J'attends le pangolin
de pied ferme.
J'ai donc fait la chasse
à ces pique-assiettes, j'y ai passé
deux heures, c'était sympa,
je te le conseille : c'est un peu comme
Où est Charlie ?, mais sans le bonnet.
Je les ai mis au congélateur,
à côté du papier toilette,
quand on n'aura plus de pâtes
on en fera des grillades.
Évidemment, depuis, je ne fais
que me gratter la tête et je suis
persuadée que des poux vengeurs vont
me faire payer l'assassinat de leurs amis.
Si la communauté des poux me lit,
sachez que je suis votre amie,
et que le sang de mon mari est meilleur
que le mien (il mange des frites).

Je te laisse, c'est l'heure de l'atelier cache-cache. Je vais attendre une heure ou deux avant d'aller les chercher.

Gros bisous à toi et à papy.

Ginie

P-S : vu le rythme auquel le petit sort ses dents, quand tu le reverras, il en aura 72.

Confinement : jour 5

Ressenti : vers l'infini et au-delà

20 mars 2020

Chère mamie,

j'espère que tu vas bien
et que papy aussi.
Je suis contente, les poux semblent
avoir déserté la tête de mon fils.
Manifestement, la mienne était
plus attirante. Mon crâne est plus peuplé
que le bois de Vincennes.
Je n'avais plus de lotion,
j'ai tout utilisé pour mon fils, j'ai donc,
au moment où je t'écris, la tête enduite
d'huile d'olive et recouverte
de cellophane. C'est censé les étouffer,
mais, d'après les individus qui vivent
avec moi, ça donne surtout l'air con.
La bonne nouvelle, c'est que, si j'arrive
à me débarrasser des indésirables,
je serai moins lourde. Non parce que
ce matin, quand je suis montée
sur la balance, elle a affiché « OH MERDE ».
Je l'ai confinée dans la poubelle.
Il est généreux, ce confinement :
il m'offre le double de mon poids
en graisse.

J'ai donc décidé de me mettre
au sport. Ce soir, pendant
la préparation du fondant au chocolat,
je ferai des squats.
Je vais aussi m'épiler, je pense que ça
me fera perdre deux kilos. Je devais voir
l'esthéticienne cette semaine, après avoir
repoussé le rendez-vous du mois dernier,
je te laisse imaginer l'état du chantier.
Hier, j'ai failli m'entraver dans les poils
de mes aisselles. Ça plaît beaucoup
aux enfants, on fait des ateliers
scoubidou vegan.

Gros bisous à toi et à papy.

Ginie

P-S : Apple semble apprécier la situation,
elle a presque doublé de volume,
à Pâques on la farcit.

Confinement : jour 6

Ressenti : Jeanne Calment

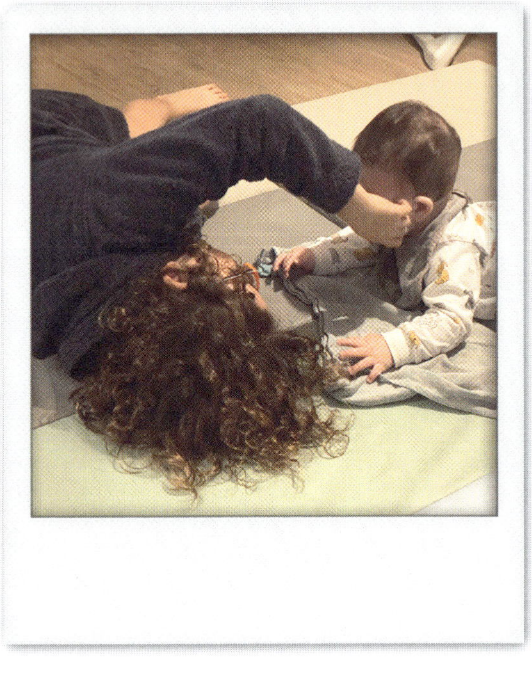

21 mars 2020

Chère mamie,

j'espère que tu vas bien et que papy aussi. C'est tous les jours samedi, mais surtout aujourd'hui. Quand il n'y a pas cours, il faut déployer toute son imagination pour occuper les enfants.
Le petit, c'est facile : il voue une véritable passion à son pied droit, avec lequel il converse pendant des heures. J'ignore ce qu'il lui raconte, mais parfois il hausse le ton, et je peux te dire que les orteils ne la ramènent pas.
Le pied gauche fait un peu la gueule, je ne serai pas surprise qu'il se venge lors des premiers pas, en opposant son droit de retrait.
Occuper le grand, en revanche, est plus ardu. On le pousse à s'amuser seul, découvrir le jardin, lire, explorer l'ennui, développer son imagination, mais les activités avec papa et/ou maman ont sa préférence. Alors, on s'y colle.
C'est ainsi qu'aujourd'hui, j'ai été footballeuse, cuisinière, tricoteuse

avec les doigts, peintre, chercheuse
de cailloux, conteuse, mime.
Mais le plus étonnant, avec tout
ce temps passé ensemble, c'est que
je me suis entendu prononcer
des phrases que je n'aurais jamais pensé
prononcer un jour.
« Arrête, chéri, maman n'est pas
un trampoline. »
« Pose ce couteau, les urgences
sont saturées, si tu te coupes le doigt,
je devrai te le recoudre,
et tu as vu la tronche de
tes ourlets. »
« Doucement avec le chocolat,
on ne va plus avoir de papier toilette. »
« Arrête chéri, l'oreille de maman
n'est pas une grotte. »
« Ne mange pas tes crottes de nez,
on va bientôt passer à table. »
« Arrête de jouer avec ton zizi,
ce n'est pas un scoubidou. »
J'ai aussi dû le consoler quand
il a découvert mes racines blanches,
et qu'il en a déduit que j'allais mourir bientôt.
Et il y a tout le reste.
Avoir le temps de les contempler.

Les câliner longuement, l'un dans le bras gauche, l'autre contre l'épaule droite. Faire durer les fous rires. T'appeler pendant des heures. Faire des appels visio avec les proches. Se dire ce qu'on ne se dit pas habituellement. Détecter le joli sous le moche. Il est bien là, caché.

Bisous à toi et à papy.

Ginie

Confinement :
jour 7

Ressenti :
ne se prononce pas

22 mars 2020

Chère mamie,

j'espère que tu vas bien et que papy aussi.
Les dimanches se suivent
et se ressemblent.
Ma claustrophobie se porte bien,
j'ai l'impression d'être enfermée
dans un ascenseur depuis une semaine
et il paraît que je ne suis pas près
de le quitter. Je suis casanière, pourtant,
comme par esprit de contradiction,
je n'ai jamais eu autant envie de sortir.
J'ai même été attirée par l'idée d'aller
courir, mais j'ai renoncé, les policiers
m'auraient arrêtée pour outrage
en me voyant faire du surplace.
Alors, je tue le temps. J'ai trié tous
les papiers. J'ai rangé les vêtements
par catégorie, puis par couleur.
J'ai ordonné les livres par couleur.
Demain, je classe les rouleaux de papier
toilette par nombre de feuilles.
Ma maison n'a jamais été aussi rangée,
et maman ne peut même pas venir
le constater.

En parlant d'elle, je lui ai appris à passer des appels visio, elle était plus heureuse que le jour de ma naissance,
c'était un peu vexant. Je n'essaie pas d'apprendre à papa, la dernière fois que je lui ai dit « tape sur l'écran »,
il lui a mis un coup de boule.
À part ça, mes poux se multiplient au même rythme que mes capitons, mes cheveux sont plus sel que poivre et, à force d'être assise, j'ai le cul rectangulaire.

Gros bisous à toi et à papy.

Ginie Van de Kamp

P-S : heureusement qu'on a du beau temps.
Ah non, on ne peut pas sortir.

Confinement :
jour 8

Ressenti :
bout du rouleau

23 mars 2020

Chère mamie,

j'espère que tu vas bien et que papy aussi. Ce matin, nous avons fait un cours de sport en ligne, le prof était un vrai sadique. Au bout de trois minutes, j'étais au bord de la crise cardiaque et, au bout de dix, j'ai été contrainte de déclarer forfait pour cause d'AVC de la cuisse droite. Mon fils, ce petit traître, faisait du zèle, il ajoutait des mouvements, car c'était « trop fastoche ». Je l'ai puni.
Ça m'a rappelé la fois où j'ai gravi la dune du Pyla avec lui. Je n'en étais pas encore au quart, mes jambes s'étaient évanouies, je rampais, et mon niveau d'essoufflement était tel que j'imitais l'otarie. Lui, il avait atteint le sommet, était descendu m'en informer, était remonté, et encore redescendu en courant. Je lui avais fait un croche-pied. Il faisait encore le malin, mais avec deux dents en moins.
Bref, après la séance de torture, je mourais de chaud. Je suis sortie dans le jardin, j'ai ôté mon bas de survêtement

et j'ai fait quelques pas pour retrouver mon souffle. Je portais une culotte bleue, qui était jadis blanche, à taille haute, car la cicatrice de ma césarienne est encore sensible, et à l'échancrure égale à zéro, c'est-à-dire que, si je porte un bermuda dessous, on ne le verra pas. C'est un string pour mormons, quoi. Ce détail doit te sembler inutile, pourtant il a toute son importance. En effet, au bout de dix bonnes minutes à arpenter la terrasse en geignant et en tirant sur l'élastique de la culotte susmentionnée pour faire circuler l'air, j'ai entendu un bruit derrière moi. Sur le toit de sa maison, un balai à la main et un sourire aux lèvres, le voisin me saluait.
Avec un peu de chance, vu la longueur de mes poils, il a cru que je portais un pantalon.

Gros bisous à toi et à papy.

Ginie

Confinement : jour 9

Ressenti : c'est quand qu'on arrive ?

24 mars 2020

Chère mamie,

j'espère que tu vas bien et que papy aussi.
Aujourd'hui, j'ai dû aller récupérer
une commande au drive.
Ce qui signifie, en langue anxieuse,
que j'ai fait Koh-Lanta.
Avant de partir, je me suis protégée
au mieux, avec ce que j'avais
sous la main. Quand la dame du drive
m'a vue arriver avec mes gants de boxe
et mon masque de Dark Vador,
j'ai bien vu qu'elle se retenait de rire.
Je suis sortie de la voiture pour ouvrir
le coffre en lançant autour de moi
des regards qui voulaient dire
« si t'approches, c'est pas le virus
qui va te tuer ». Le mec de la voiture
d'à côté a toussé, je l'ai aspergé
de gel hydroalcoolique.
La dame est revenue avec mes courses,
je ne l'avais pas vue, je m'en suis aperçue
quand elle était à moins d'un mètre
de moi. J'ai percuté un oiseau tellement
j'ai sursauté, puis je me suis éloignée

en roulades arrière. Quand elle
me parlait, je retenais ma respiration,
pour que le virus s'arrête à la frontière
de mes narines comme le nuage
de Tchernobyl.
De retour chez moi, j'ai retiré
tous les emballages et tout nettoyé
à l'eau et au savon. Ça m'a pris
deux heures, et je ne peux plus
saquer les clémentines.
Pour finir, je suis allée me doucher.
C'était chouette, c'est la première fois
que je vois si peu de monde
à l'Éléphant bleu.
Si je chope le coronavirus,
c'est qu'il m'en voulait personnellement.

Bisous à toi et à papy.

Ginie

Confinement : jour 10

Ressenti : un jour sans fin

25 mars 2020

Chère mamie,

j'espère que tu vas bien et que papy aussi.
Hier soir, une fois les enfants endormis, mon mari et moi sommes allés nous promener.
Il faisait doux, le ciel était moucheté d'étoiles, seule une légère brise nous rappelait que nous étions au mois de mars.
Nous marchions lentement, l'un contre l'autre, sans un mot. De temps en temps, un ululement fendait le silence. Au loin, l'habituel ronron des voitures s'était tu.
Les volets des voisins étaient clos.
J'ai ouvert les bras et respiré profondément, pour la première fois depuis 10 jours. Un frisson a dévalé ma colonne. Je me suis collée un peu plus contre lui, grisée par cet intense sentiment de liberté.
Alors que nous regagnions la maison, j'ai murmuré :
– C'était la plus belle balade de ma vie.

Mon cher époux a haussé les épaules :
– Calme-toi, on a juste traversé le jardin pour sortir la poubelle.
Faut toujours qu'il gâche tout.

Bisous à toi et à papy.

Ginie

Confinement : jour 11

Ressenti : jour 111111111111111111111111111111

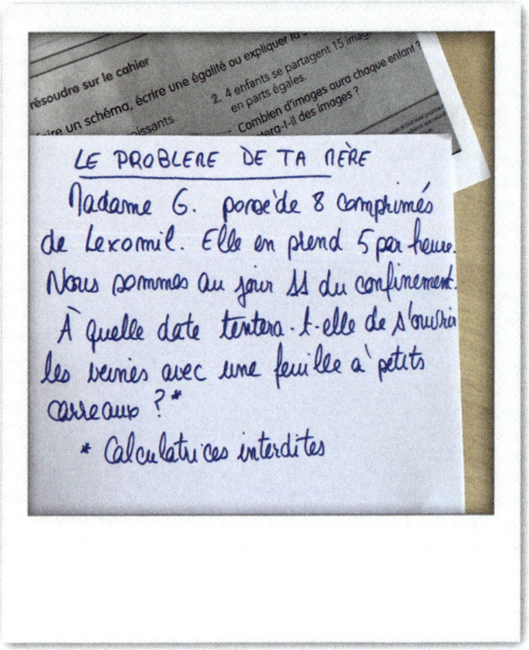
résoudre sur le cahier
en parts égales.
Combien d'images aura chaque enfant ?
LE PROBLÈME DE TA MÈRE
Madame G. possède 8 comprimés de Lexomil. Elle en prend 5 par heure.
Nous sommes au jour 11 du confinement.
À quelle date tentera-t-elle de s'ouvrir les veines avec une feuille à petits carreaux ?*
* Calculatrices interdites

26 mars 2020

Chère mamie,

j'espère que tu vas bien
et que papy aussi.
Je voue une admiration sans limite
à toutes les maîtresses.
La leçon du jour portait sur les
problèmes, et elle portait bien son nom.
J'étais pleine de bonne volonté, pourtant.
J'avais démarré le cours
avec la résolution de ne pas perdre
patience et de déborder d'empathie
pour mon cher enfant.
Au bout de trois minutes,
il m'a coupée pour me raconter
l'évolution d'un Pokémon.
Au bout de cinq minutes, il s'est affalé
sur la table en geignant qu'il était épuisé.
Au bout de sept minutes, il m'a demandé
pourquoi il avait des lignes dans la main.
Au bout de huit minutes, il a voulu savoir
comment on pouvait être sûr
que le rouge était rouge.
Au bout de neuf minutes, il a affirmé
qu'il n'y arriverait pas, que c'était trop dur.

Au bout de onze minutes, il m'a demandé
pourquoi j'avais des traits sur le front.
Au bout de treize minutes, il a voulu aller
faire pipi pour la troisième fois.
Au bout de quinze minutes,
il a marmonné que la maîtresse
était plus sympa.
Au bout de dix-sept minutes,
il s'est mis à compter ses cheveux.
Au bout de vingt minutes,
quand je lui ai demandé combien
faisaient trois traits sur le front
de maman plus cinq cheveux,
j'ai eu la certitude que, si le confinement
ne se terminait pas bientôt,
c'était moi qui allais trouver un vaccin.

Gros bisous à toi et à papy.

Ginie

Confinement : jour 12

Ressenti : les plaisanteries les plus courtes sont les meilleures

27 mars 2020

Chère mamie,

j'espère que tu vas bien
et que papy aussi.
Mon fils commence à être vraiment
à l'étroit dans ses vêtements en 12 mois.
J'ai un colis d'habits à sa taille
dans le garage, reçu juste avant
le confinement, mais le virus pouvant
vivre 9 jours sur les surfaces, et ma peur
beaucoup plus, tant pis, il portera
des tee-shirts courts et des shorts
jusqu'à la fin.
J'ignore si c'est lié, mais le grand
s'est mis au tricot. Il m'a annoncé, fier
comme un pangolin, qu'il allait fabriquer
des écharpes pour toute la famille, puis,
avec ses doigts en guise d'aiguilles,
il s'est attelé à la tâche. Elles sont
magnifiques, d'un beau rouge
flamboyant, il semblerait juste
que mon fils ne soit pas au point
au niveau des proportions. Il n'a pas
le compas dans l'œil, mais dans les deux
yeux. Je chipote, ce n'est qu'un détail :

il me suffira d'en porter trois,
une pour chacun de mes cous.
À part ça, mon cher mari a taillé la haie
au sécateur. Quand il a eu fini,
il s'est approché de moi et m'a demandé
si je préférais qu'il commence
par le buisson des aisselles
ou la broussaille du maillot.
Ça va être long.

Bisous à toi et papy.

Ginie

P-S : ma frange devenait trop longue,
alors je l'ai coupée. Maintenant
j'ai une flûte de Pan sur le front.

Confinement :
jour 13

Ressenti :
quel jour est-on ?

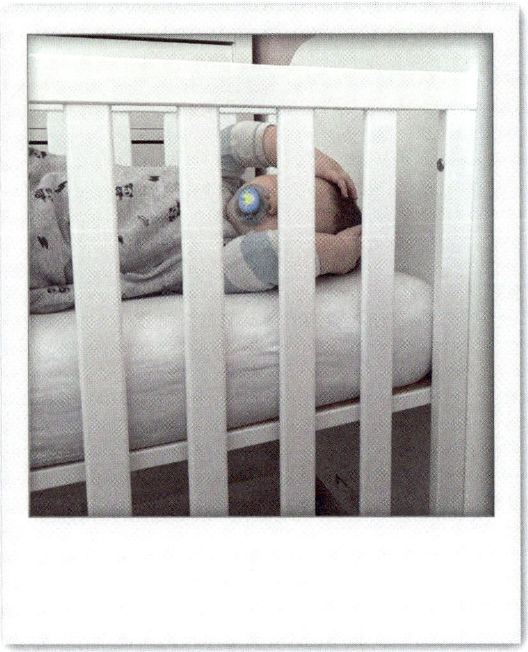

28 mars 2020

Chère mamie,

j'espère que tu vas bien et que papy aussi.
Quand je vois ce qui se passe dehors,
je me trouve parfois indécente d'écrire
avec autant de légèreté. Je me suis posé
la question d'arrêter, de revêtir le silence
comme une marque de respect. Et puis,
je lis les commentaires, je vois les rires,
et je me dis que l'humour n'est pas
un manque de respect. C'est un bouclier,
un partage, une parenthèse.
Ça ne recolle pas le cœur brisé,
ça ne dissout pas la peur, mais,
l'espace d'un instant, ça ouvre
une fenêtre dans nos bunkers,
tant physiques que psychologiques.
Alors, tant que l'envie de distraire
sera plus forte que le reste,
je vais continuer de t'écrire.
Il aurait été dommage que tu manques
les dernières nouvelles :
– J'ai les mains tellement sèches à force
de les laver, que je n'ai plus besoin
d'éponge grattante pour la vaisselle ;

– La chienne a vomi sur le tapis,
puis elle s'est roulée dedans ;
– Mon fils (le grand) a touché le ballon
que le voisin lui a renvoyé, j'envisage
de lui couper les mains ;
– J'ai le nez bouché depuis trois semaines,
je pense que mes sinus se sont confinés ;
– Le chêne se pare de feuilles, tant mieux,
on n'a presque plus de papier toilette ;
– Ce matin, le petit a gazouillé
à six heures. J'espère qu'il va rester
à l'heure d'hiver ;
– Mon mari a tenu à faire du pain,
je n'avais jamais mangé un aussi
bon parpaing.

Gros bisous à toi et à papy.

Ginie

Confinement : jour 14

Ressenti : trop

DÉPART
1000
25
50
75
100
125
150
175
200
225
250
275
300
325
350
375
400
450
475
500
525
550
575
600
625
650
675
700
725
750
775
800
825
850
875
900
925
950
975

29 mars 2020

Chère mamie,

j'espère que tu vas bien et que papy aussi.
Ce matin, je me suis levée
toute guillerette, j'ai ôté mon pyjama
de nuit pour enfiler mon pyjama de jour,
j'ai avalé mon petit déjeuner healthy
(tranches de brioche tartinées
de Basquella) et j'ai tenté d'ouvrir
Instagram.
Pas de réseau.
J'ai fermé et rouvert l'application.
Pas de réseau.
J'ai tenté d'ouvrir Netflix.
Pas de réseau.
Je me suis déconnectée du wifi.
Pas de réseau.
J'ai insulté mon téléphone.
Pas de réseau.
J'ai redémarré mon téléphone.
Pas de réseau.
J'ai redémarré la box.
Pas de réseau.
J'ai fait une offrande de jeunes câbles
vierges au dieu du wifi.

Pas de réseau.
J'ai demandé à mon mari de faire quelque chose, putain de merde, tu vois bien qu'il se passe quelque chose de gravissime. Il a rigolé.
Pas de réseau, et plus de mari.
Contrainte et forcée, je me suis dit que c'était l'occasion de délaisser, encore plus que d'habitude, mon téléphone.
L'expérience n'était pas intéressante.
J'ai perdu douze fois au Mille Bornes, mon fils m'a traitée de mauvaise perdante juste parce que je l'ai privé de dessert jusqu'à sa majorité pour avoir eu l'outrecuidance de me lancer un feu rouge, je n'ai pas pu m'en plaindre auprès de mes proches, ni chercher sur Google si c'était normal que la gorge ne me picote que d'un côté. J'ai dû préparer le repas sans recette et faire mon yoga sans vidéo, j'ai donc des crampes au ventre et le dos bloqué.
Netflix ne fonctionnant plus, on a autorisé notre fils à visionner notre unique DVD (« Les Dents de la mer »), mais après il n'a pas voulu prendre son bain.

Quant au petit, qui a l'habitude
de s'endormir avec le bruit des vagues,
il n'a pas fait sa sieste sous prétexte
qu'on lui a diffusé un CD de Metallica.
Je m'apprêtais à monter sur le toit pour
faire parabole quand, alléluia, le réseau
a ressuscité.
Mais bon, ce n'est qu'un détail,
je ne comprends pas tous ces gens
qui sont accros.

Gros bisous à toi et à papy.

Ginie

Confinement :
jour 15

Ressenti :
jour
[34 × (68 + 12) - 1]
+ tamère

30 mars 2020

Chère mamie,

j'espère que tu vas bien
et que papy aussi.
Il a neigé ce matin. Le truc improbable,
sachant qu'hier je déambulais
en culotte sur ma terrasse.
Je le fais toujours, mais j'ai ajouté
un bonnet et une écharpe. J'ai fait
attention, le voisin ne m'a pas vue.
En revanche, mon mari oui, et je ne sais
pas si c'est lié, mais il a imprimé
une demande de divorce.
Chaque jour, je me demande ce que
je vais pouvoir te raconter, je crains
que l'inspiration ne me fasse défaut,
mais la vie se charge de m'envoyer
des sujets. C'est uniquement
pour me fournir de la matière,
j'en suis sûre, que, ce matin, mon œil
s'est mis à gonfler. Au début, c'était
discret, j'ai pensé que c'était dû
au pollen, mais quand j'ai commencé
à ressembler à un poisson japonais,
j'ai commencé à m'inquiéter.

J'ai donc contacté mon docteur (Google),
et je lui ai demandé :
« causes œil gonflé » ;
« œil gonflé coronavirus » ;
« œdème de Quincke que d'un côté » ;
« ma paupière se prend
pour un testicule » ;
« les yeux peuvent-ils vraiment
devenir plus gros que le ventre ? ».
Pour une fois, le résultat m'a rassurée,
il semblerait que ce soit un chalazion.
Ce serait le quatrième en quelques
mois, va falloir que je leur explique
qu'on n'est pas aux portes ouvertes
de la paupière.
Après les poux, la fièvre,
et le cul rectangulaire,
j'ai hâte de découvrir la prochaine
surprise que me réserve le destin.
Je m'attends à tout.
Dents qui deviennent noires ?
Nez qui tombe ? Descente d'organes ?
Le suspense est à son comble.
Heureusement, je peux compter
sur mon cher enfant pour me consoler.
Au lieu de se moquer (comme feu
son père), il m'a dit que je ressemblais

à une œuvre d'art. J'étais émue, mais, après vérification, il parlait d'un Picasso.

Grosses bises à toi et à papy.

Ginie

Confinement :
jour 16

Ressenti :
3044 après J.-C.

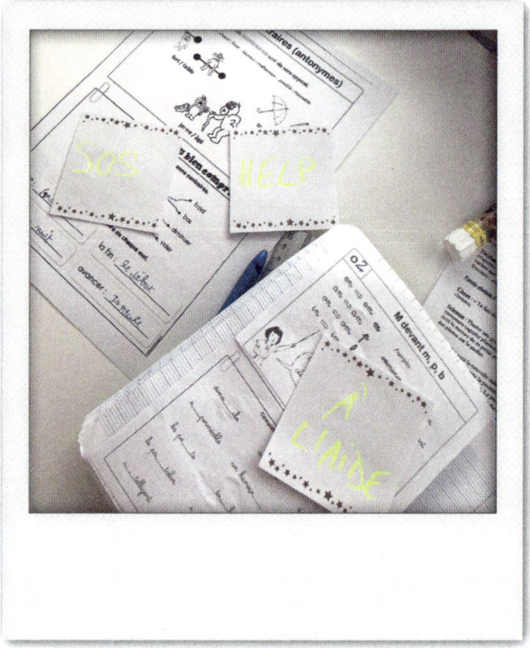
SOS
HELP
À L'AIDE
M devant m, p, b
(antonymes)

31 mars 2020

Chère mamie,

j'espère que tu vas bien
et que papy aussi.
Ici, tout se passe à merveille.
Je prends un plaisir infini
à rester à la maison et à faire cours
à mon adorable fils. Je crois même
que JE SUIS faite pour ça.
C'est si facile, AU BOUT DU compte,
je veux faire ça toute ma vie,
cela me procure une joie immense.
Je ne comprends pas
tous ces gens qui râlent,
ce sont sans doute les mêmes
qui se sont rués sur le dernier ROULEAU
de papier toilette.
La sérénité que je ressens
en instruisant mon petit amour
est incroyable. Je SORS littéralement
de mon corps pour flotter
dans le cosmos. Je crois avoir trouvé
ce pourquoi je suis faite.
Ce confinement aura fait naître
une nouvelle MOI.

J'ignorais que des cours
DE grammaire pouvaient procurer
autant de joie. On n'est pas loin
de l'orgasme, LÀ.
J'espère te voir VITE.

Grosses bises à toi et à papy.

Ginie

P-S : ne perds pas de temps à lire toute ma carte, contente-toi des mots en majuscule. Il y a urgence.

Confinement :
jour 17

Ressenti :
ça use, ça use

1er avril 2020

Chère mamie,

j'espère que tu vas bien
et que papy aussi.
Ce matin, j'ai été réveillée par le froid.
Impossible de me réchauffer,
mon corps était couvert de frissons.
J'ai lu récemment que c'était souvent
l'un des premiers symptômes du virus,
alors je soupçonne mon inconscient
d'avoir voulu me faire un poisson d'avril.
J'ai presque préféré celui de mon mari,
qui m'a fait croire que sa mère venait
s'installer chez nous.
Je pense que notre couple prendra fin
en même temps que le confinement.
Heureusement, notre fils est plus inspiré
que lui (surtout quand je lui souffle
les idées). Alors qu'il était en appel visio
avec maman, il lui a annoncé qu'il allait
avoir une petite sœur. L'écran s'est figé
sur les yeux écarquillés de ta fille,
j'ai cru que le téléphone buggait,
mais c'était elle. J'ai fait une capture
d'écran de sa tête, je vais l'envoyer

au Petit Robert pour illustrer
le mot « effroi ».
Mais, définitivement, la palme
du meilleur gag revient à Free,
qui nous a (encore) lâchés, pile quand
les deux enfants dormaient enfin
et qu'on s'apprêtait à se lancer
un petit film. Le mois prochain,
je leur ferai un virement de zéro euro
avec le libellé « poisson d'avril ! ».

Gros bisous à toi et à papy.

Ginie

Confinement : jour 18

2 avril 2020

Chère mamie,

j'espère que tu vas bien
et que papy aussi.
Dix-huitième jour de confinement,
et tu me manques de plus en plus.
Hier soir, au téléphone, tu avais
une petite voix. Tu ne te plains pas,
tu te sais heureuse d'être avec papy
et d'avoir un petit bout de jardin, mais elles
te paraissent longues, ces journées
sans personne pour frapper à la porte.
Habituellement, il ne se passe pas un jour
sans qu'un enfant, un petit-enfant
ou un arrière-petit-enfant gratte au carreau
de la porte blanche pour venir partager
un moment avec vous. D'ordinaire,
il ne se passe pas une semaine sans
que je vienne chercher ma dose de câlins
et te fournir ta dose de sourires.
Je ne te l'ai pas dit, j'ai préféré te promettre
qu'on se rattraperait, mais à moi aussi,
elles me paraissent longues, ces journées
sans tes bras. Oh, je mesure ma chance
de pouvoir encore t'avoir auprès de moi,

mais les heures perdues sont multipliées
quand le temps est compté.
Je compte les jours qui nous séparent
de la liberté. La première chose que je ferai,
quand on en aura le droit, c'est venir
gratter au carreau de la porte blanche,
et te serrer tellement longtemps
que tu regretteras le confinement.
Heureusement, les enfants sont là pour
souffler sur les idées grises. Tout à l'heure,
alors que je défiais mon cher enfant
à Mario Kart, il a choisi le personnage
de Bowser, arguant que c'était le plus fort.
– Tu es sûr ? je lui ai demandé.
Il a hoché la tête.
– Oui ! Tu vois bien qu'il est énorme !
Encore plus énorme que toi.
J'étais en train de ramasser mon ego
quand il a ajouté :
– En plus, il peut tout casser
avec sa grosse queue.
Je te laisse deviner quel personnage
mon cher mari a choisi.

Gros bisous à toi et papy.

Ginie

Confinement : jour 19

Ressenti : qui êtes-vous ?

Piratologie
DRAGONOLOGIE

3 avril 2020

Chère mamie,

j'espère que tu vas bien et que papy aussi. J'ai parfois l'impression que mon cerveau aussi est confiné. À force de converser essentiellement avec les trois mêmes personnes (dont une qui s'exprime uniquement avec la première lettre de l'alphabet et une autre qui place le mot « caca » parmi les plus beaux de la langue française), mes neurones fondent comme un œuf de Pâques planqué derrière le radiateur.
Je cherche mes mots, je bafouille, les trucs, machins et autres bidules ont envahi mes phrases, et il m'arrive à l'occasion d'appeler ma chienne maman.
Si seulement c'était le seul dommage.
Hier soir, j'ai préparé des lasagnes.
On mourait de faim, c'était long, mais la perspective de nous régaler diluait notre impatience. Lorsque la minuterie a sonné, j'ai bondi vers le four et l'ai ouvert, la salive aux lèvres.
Sur la grille, le vide me contemplait.

Pendant ce temps, le plat de lasagnes
cuisait tranquillement dans le frigo,
thermostat -8.
Il n'est pas exclu que le confinement
s'appelle ainsi parce qu'il va tous
nous rendre finement cons.
Je te laisse, je dois sortir mon fils
du lave-vaisselle.

Gros bisous à toi et à papy.

Ginie

Confinement :
jour 22

Ressenti :
jour 6374

6 avril 2020

Chère mamie,

j'espère que tu vas bien
et que papy aussi.
Il n'y a plus de farine nulle part.
Les gens affirment s'en servir
pour les gâteaux, mais je crois qu'en vérité,
on s'est tous mis à la sniffer.
On va devoir se mettre au plâtre.
Ce matin, j'avais mal à la tête, alors
j'ai pris ma température, et le thermomètre
a indiqué ERROR. Il parle mal.
Il commence à prendre la confiance.
Chez nous, les vacances ne commencent
que dans deux semaines, on continue
donc l'école à la maison. En vocabulaire,
la leçon portait sur les contraires.
Afin de me prouver qu'il avait bien
compris, mon cher enfant a déclaré
que le contraire de rapide était lent,
que le contraire de grande était petite,
et que le contraire de belle était maman.
Je l'ai puni.
Le petit n'est pas en reste. Hier,
il a dit « Dada ». J'en ai déduit qu'il avait

voulu dire maman, son père en a déduit
qu'il avait voulu dire papa,
je lui ai demandé d'être plus explicite,
il a répété « Dada ». Je l'ai puni.
Dire qu'un jour, on repensera
à ces moments avec nostalgie.

Gros bisous à toi et à papy.

Ginie

P-S : si tout se passe bien, à la fin
du confinement j'aurai deux
moustaches : une au-dessus
de la bouche et l'autre au-dessus
des yeux.

Confinement : jour 23

7 avril 2020

Chère mamie,

J'espère que tu vas bien et que papy aussi. Moi, ça va, même si mon cerveau commence à montrer des signes de panne imminente.
Ce matin, j'étais au téléphone avec Marie (ma sœur). J'étais en train de préparer le déjeuner, ce qui a peut-être un lien avec ce qui va suivre, mais pas sûr. Elle me parlait d'un copain d'école de son fils, appelons-le Djaizonne, et me disait qu'elle n'aimait pas beaucoup qu'il le fréquente.
Je l'ai rassurée, à onze ans, les enfants passent d'une relation amicale à une autre, et puis bon, il ne devait pas être si terrible que ça, ce Djaizonne.
C'est là qu'elle a lâché la phrase :
– Bah quand même, il vient à l'école avec des têtes de bœufs.
J'ai froncé les sourcils tandis qu'elle continuait à parler, mais elle m'avait perdue. Mon esprit tentait de comprendre, les questions

se percutaient dans ma tête.
Qu'est-ce qui poussait un élève de sixième à venir au collège avec des têtes de bœufs ? Et puis d'abord, où les avait-il trouvées ? Son père était boucher ? Et comment faisait-il pour les transporter ? Je n'avais jamais eu l'occasion d'en porter, mais ça devait être lourd.
Dans mon esprit, la scène était nette : dans le bâtiment bondé, les élèves se dirigeaient en petits groupes vers leur salle de classe quand, tout à coup, au bout du couloir, apparaissait Djaizonne, portant à chaque bras un énorme crâne de vache (les mains sortant par les orbites). Une musique de western retentissait, et des portes de saloon se refermaient derrière lui.
J'ai interrompu Marie dans son monologue :
– Pourquoi il apporte des têtes de bœufs à l'école ?
– Ben pour les fumer.
J'ai refroncé les sourcils, et émis une réponse que, même sous la torture, je nierai avoir prononcée :

– Ça se fume, le bœuf ?
Elle a ri pendant dix minutes. Il ne m'en a pas fallu autant pour comprendre, et me mettre à rire avec elle.
Djaizonne ne fumait pas des bœufs, mais de la beuh.
J'imagine que tu ne connais pas (j'espère !), mais c'est le petit nom que l'on donne à l'herbe (et je ne parle pas du persil).
Je pense qu'il est maintenant temps de mettre fin à ce confinement de mon cerveau, sinon c'est moi qui vais cultiver des têtes de bœufs.

Gros bisous à toi et à papy.

Ginie

Confinement :
jour 24

Ressenti :
jour 1983

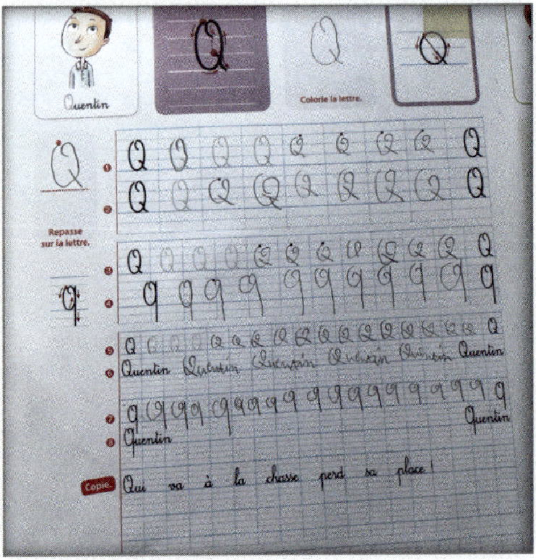
Quentin
Colorie la lettre.
Repasse sur la lettre.
Copie.
Qui va à la chasse perd sa place !

8 avril 2020

Chère mamie,

j'espère que tu vas bien
et que papy aussi.
Au début du cours, mon fils
m'a demandé si on pouvait commencer
par le cul. Je lui ai demandé de préciser
sa pensée, il a répondu qu'il aimait bien
le cul et qu'il aimerait en faire
tout de suite. J'allais appeler la maîtresse
pour savoir depuis quand Marc Dorcel
était au programme quand j'ai compris
qu'il parlait de la lettre Q,
qu'il devait apprendre à tracer.

Vivre en permanence avec d'autres
humains requiert patience et souplesse,
deux qualités dont je déborde.
Mais il y a des limites à ne pas franchir.
Hier soir, mon cher mari a osé
me demander de lui passer le sel,
sous prétexte qu'il était à ma portée.
J'ai refusé, bien entendu, mais il a insisté,
alors j'ai cédé. Je le lui ai passé droit
dans la tronche. Eh bien figure-toi

que Monsieur a trouvé le moyen de me traiter d'excessive. Je ne te dis pas où je lui ai mis la salière, mais il se peut que ça ait un rapport avec le cours de mon fils.

Ma voisine m'a trouvé des œufs, j'étais tellement contente que j'en ai fait une omelette avant même d'atteindre la porte.

Gros bisous à toi et à papy.

Ginie

Confinement :
jour 25

Ressenti :
c'est encore loin ?

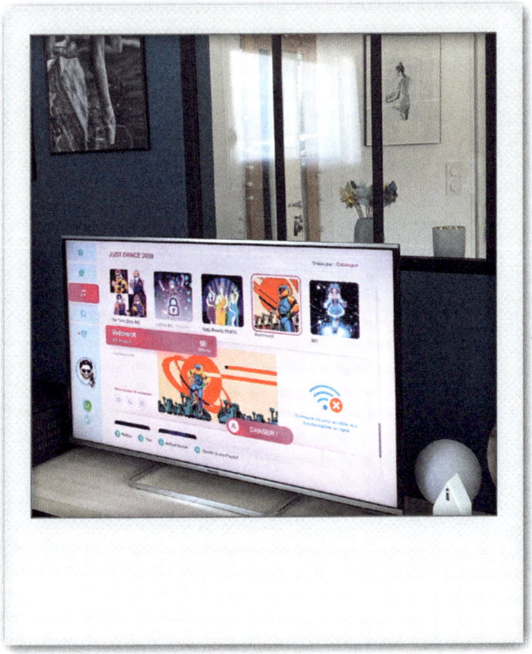
DANGER !

9 avril 2020

Chère mamie,

j'espère que tu vas bien
et que papy aussi.
Pour pallier le manque d'activité
physique, nous avons téléchargé le jeu
« Just Dance », qui consiste, comme
son nom ne l'indique pas, à perdre souffle
et dignité face à un écran.
Encouragée par mon cher enfant,
j'ai commencé par une danse classée
parmi les plus faciles.
Au premier couplet, j'ai entendu le rire
de mon mari dans mon dos.
Au premier refrain, ma respiration imitait
la cocotte-minute.
Au deuxième couplet, j'ai perdu les eaux
par les aisselles.
Au deuxième refrain, mes mollets
ont continué sans moi.
Au troisième couplet, j'ai vu la lumière.
Au dernier refrain, mon mari pleurait
de rire et mon fils m'a dit que j'avais l'air
« électrifiée ».
Ils sont jaloux.

J'ai donc pris la décision, afin de ne pas les éblouir davantage, de cesser immédiatement toute forme d'activité physique. Tu noteras le sacrifice.

Grosses bises à toi et à papy.

Ginie 220 volts

Confinement :
jour 26

10 avril 2020

Chère mamie,

j'espère que tu vas bien et que papy aussi.
Avant, nos journées étaient rythmées par l'horloge.
Maintenant, nos journées sont rythmées par l'estomac.
Je passe la moitié du temps à préparer à manger, et l'autre moitié à me demander ce que je vais préparer à manger.
Le vocabulaire de mon fils n'est plus constitué que de six mots :
« C'est l'heure de manger ? »
Les plus beaux jours de ma vie ne sont plus ceux de la naissance de mes enfants, mais ceux des courses.
Je peux tout plaquer pour un paquet de farine.
J'ai envisagé d'acheter des poules.
Avant, je ne connaissais que quelques recettes. Maintenant, tout le monde m'appelle Marmiton.
Alors que je n'aimais pas tellement cuisiner, je me suis surprise à aimer

malaxer, émincer, rissoler.
J'ai même caressé l'illusion de devenir cordon-bleu. Je me voyais déjà participer à la prochaine saison de « Top Chef », remporter toutes les épreuves sous les applaudissements des chefs, Philippe Etchebest aurait abandonné sa carrière en comprenant qu'il n'était pas à la hauteur, les gens auraient fait la queue pour déguster mon omelette grimaldienne.
Heureusement que mes proches sont là pour me remettre les pieds sur terre.
Hier soir, quand j'ai servi mon omelette grimaldienne, mon cher enfant a décrété que celle de la cantine était bien meilleure.
Mon cher mari a ri, je lui ai donc demandé ce qu'il en pensait. Il a répondu qu'elle allait être parfaite pour colmater les trous dans le mur.
Ce soir, on mange des cailloux.

Gros bisous à toi et à papy.

Ginie

P-S : la photo n'a rien à voir,
mais mon fils vient de m'apporter
sa dernière œuvre d'art,
et je ne pouvais pas ne pas
te la montrer. C'est un éléphant qui sourit,
à ce qu'il dit. Il faut que je vérifie
sur la tablette, s'il n'a pas troqué
Masha et Michka contre Jacquie et Michel.

Confinement : jour 27

Ressenti : cumulonimbus

11 avril 2020

Chère mamie,

j'espère que tu vas bien
et que papy aussi.
Depuis toujours, tous les samedis
précédant Pâques, tu appelles
tous tes enfants, tes petits-enfants
et tes arrière-petits-enfants
pour les prévenir : les campanari sont prêts.
On vient alors chercher ces gâteaux
traditionnels italiens aux formes variées,
garnis d'un œuf dur en leur centre.
Depuis quelques années, tes mains
sont douloureuses et ta fatigue tenace,
mais tu n'y déroges pas.
L'année dernière, tu étais fière d'en avoir
préparé 34. Cette année, tu te réjouissais
d'en ajouter un, pour le nouveau venu.
Mais nous ne recevrons pas ton appel.
Ce matin, au téléphone, tu m'as avoué
que, puisque tu ne pouvais
nous en préparer, tu n'en ferais pas
non plus pour papy et toi.
« On se rattrapera l'année prochaine »,
tu as ajouté.

On n'attendra pas l'année prochaine.
Je n'avais pas assez de farine pour en faire 35, je ne suis pas assez douée pour sculpter des cloches, des poissons ou des paniers (je te rappelle que j'ai mis au monde un enfant qui modèle des éléphants étranges), mais j'ai préparé 7 campanari en forme de cœur. En allant récupérer mes courses, j'en ai déposé deux devant ton portail, puis j'ai sonné et je suis allée sur le trottoir d'en face, pour capturer ton sourire.
Il paraît qu'ils portent bonheur.
Espérons que ce soit vrai et que, pendant encore des années, on entende ta petite voix dans le téléphone le samedi précédant Pâques.

Grosses bises à toi et à papy.

Ginie-la-cloche

Confinement : jour 30

14 avril 2020

Chère mamie,

j'espère que tu vas bien
et que papy aussi.
Ce qui devait arriver arriva :
j'ai coupé les cheveux de mon fils.
Ça faisait un moment qu'il se plaignait
de voir la vie avec des rayures, ce petit
n'est pas bien résistant. Pendant
des années, beaucoup de gens
ont vu des films en rayé tous les premiers
samedis du mois et ils ne trouvaient
rien à redire.
Mais une autre raison m'a poussée
à sortir mes ciseaux à bout rond :
les poux. Ils sont increvables.
J'ai essayé la lotion, l'huile, les huiles
essentielles, j'ai tellement passé
le peigne fin que ses cheveux
sont devenus raides, mais les mecs
sont toujours là, tranquilles, à se balader
comme s'ils étaient chez leur mère.
Il fallait raccourcir.
Ça n'a pas pris longtemps, j'ai essayé
de reproduire ce que j'avais vu mille fois

chez la coiffeuse. Ce n'était franchement pas compliqué, pincer la mèche, couper, d'une facilité déconcertante,
pincer la mèche, couper, ça ne valait pas le coup de dépenser autant,
pincer la mèche, couper, je pouvais m'en charger à vie, pincer la mèche, couper.
Les certitudes ont explosé
quand mon fils s'est tourné face à moi.
Je ne savais pas qu'il était possible d'avoir la coupe mulet plusieurs fois sur la même tête.
Je ne deviendrai donc pas coiffeuse à la sortie du confinement.
C'est dommage, j'avais trouvé le nom parfait pour mon salon :
NIQUETAM'HAIR.

Gros bisous à toi et à papy.

Ginie

Confinement : jour 31

15 avril 2020

Chère mamie,

j'espère que tu vas bien et que papy aussi. Cède contre bons soins enfant vif et spirituel de bientôt huit ans. Peu servi, très bon état général.
Il s'agit d'un bien original et atypique, surtout au niveau de la coiffure.
Je m'en sépare, car il vient de se prendre de passion pour la batterie de son père.

Gros bisous à toi et à papy.

Ginie

Confinement : jour 32

16 avril 2020

Chère mamie,

j'espère que tu vas bien
et que papy aussi.
Je me suis mis en tête de fabriquer
des masques. Ils ne me seront pas
d'une grande utilité, je ne suis sortie
que deux fois depuis le début
de mon confinement (qui, je te le rappelle,
a commencé environ six mois avant
le confinement des autres)
(#TeamHypocondriaque), je reste
à l'extérieur et j'ai mes propres gestes
barrière (si tu t'approches à moins
de dix mètres, je t'asperge de gel
hydroalcoolique). Mais ces masques
pourraient être utiles à mes proches,
moins névrosés que moi.
Le problème, c'est que je ne sais pas
coudre. Enfin, je sais coudre, mais pas
selon les critères de la couture.
Quand je recouds un bouton,
je mets tellement de fil qu'on ne voit plus
ce qu'il tient. Une fois, j'ai reprisé
une poche de jean trouée.

Le trou a disparu, mais la poche aussi.
Et je ne te parle pas des ourlets,
depuis que je m'en occupe, mon mari
est persuadé d'avoir une jambe
plus courte que l'autre. J'espère
ne jamais avoir à réaliser une césarienne.
J'ai donc cherché des tutoriels
pour fabriquer des masques.
Je suis tombée sur un type qui agrafait
ensemble deux feuilles de sopalin
et une feuille de cellophane, il avait l'air
très sérieux, et quand quelqu'un lui a dit
qu'il risquait de mourir étouffé,
il a répondu que c'était mieux que choper
le virus. Moi, à choisir, je ne préfère
ni l'un ni l'autre, alors j'ai cherché
autre chose.
J'ai trouvé plusieurs articles
qui expliquaient comment faire
un masque avec un soutien-gorge.
Ça m'a semblé pas mal, le problème
c'est qu'avec la taille de mes bonnets,
je couvre à peine une narine.
Je ne te parlerai pas des masques
à base de serviettes hygiéniques,
on va finir avec des tampons
dans les narines et une cup dans la bouche.

J'ai finalement trouvé une vidéo qui expliquait la fabrication de masques selon les recommandations de l'Afnor, et je t'informe donc que, très bientôt, tu trouveras devant ta porte un morceau de tissu informe, couvert de coutures pas très nettes et affublé de deux élastiques de culotte. Ce ne sera pas le facteur qui s'est effeuillé sur ton paillasson, juste un masque.

Bisous à toi et à papy.

Ginie

Confinement : jour 33

Ressenti : BDR

17 avril 2020

Chère mamie,

j'espère que tu vas bien
et que papy aussi.
Tout à l'heure, cédant à une demande
répétée de mon cher enfant, j'ai fait
du trampoline.
J'ignore qui a inventé cet engin de torture,
mais une chose est sûre, il n'avait pas
de périnée. Cela nous fait un point
commun, j'ai distinctement entendu
le mien me dire adieu au troisième rebond.
J'ai essayé de garder une contenance,
mais elle aussi a plié bagage quand
mon fils a crié « ATTENTION MAMAN,
LE TRAMPOLINE SE DÉCROCHE ».
Il en rit encore. Il affirme que mon regard
a crié à l'aide et que ma bouche
a crié maman.
J'ai prétexté cette blague pour quitter
la zone de danger, mais la vérité,
c'est que je n'ai fait qu'obéir
à mes muscles qui, pour une fois,
étaient tous du même avis :
je ne suis pas équipée de l'option sport.

Mon enfant, en revanche, enchaîne
les sauts et les figures, il pourrait
y passer sa vie. Franchement, je ne vois
pas pourquoi je me suis emmerdée
à mettre au monde un bébé de trois kilos
alors que j'aurais pu accoucher
d'une balle rebondissante.
Je te laisse, j'ai la tête qui tourne.
Ta petite-fille ici présente possède
deux nouveaux talents : sauter
sans que ses pieds ne décollent,
et choper le mal de mer sur un trampoline.

Gros bisous à toi et à papy.

Ginie

Confinement : jour 35

family

19 avril 2020

Chère mamie,

J'espère que tu vas bien
et que papy aussi.
Depuis quelque temps, sur Instagram,
je vois passer un challenge sympa,
le #GettyMuseumChallenge, qui consiste
à reproduire une œuvre d'art de chez soi.
Je ne sais pas ce qui m'a pris,
ne me demande pas, mais j'ai participé.
Avec les moyens du bord.

Gros bisous à toi et à papy.

Ginie

P-S : oui oui, le col,
c'est bien ce que tu crois.

Confinement : jour 36

20 avril 2020

Chère mamie,

j'espère que tu vas bien
et que papy aussi.
Je suis désolée de ne pas t'avoir donné
de nouvelles récemment, mais je me suis
rasé les jambes et ça m'a pris deux jours.
Je me suis pesée avant et après,
j'ai perdu dix kilos. Dommage
que les masques tricotés
ne soient pas efficaces, je serais riche.
Les vacances ont commencé vendredi
soir, et les cours me manquent. Je crois
que je préfère être prof qu'animatrice
de centre de loisirs. Après l'atelier
aquarelle, l'atelier pompons, l'atelier
Lego, l'atelier couture et l'atelier danse,
je suis à deux doigts de lancer l'atelier
magie avec le tour « disparition
de maman ».
À part ça, une nouvelle dent est en train
de percer la gencive du petit, et il a l'air
d'apprécier moyen, surtout la nuit.
Le point positif, c'est que je n'entends
presque plus les ronflements de son père

(qui, lui, prétend entendre les miens,
mais il se trompe, évidemment, il a juste
des acouphènes).
Au fait, j'ai cousu mon premier masque,
et je ne suis pas peu fière. Hier je n'avais
jamais allumé une machine à coudre,
aujourd'hui je me prends pour Dolce
et Gabbana, j'ai annoncé à tous
mes proches que désormais j'allais
les habiller de la tête aux pieds.
Et puis, la machine est tombée en panne,
j'ai tout démonté, j'ai cherché
des explications sur Google,
mais rien ne fonctionnait, j'y ai passé
des heures, jusqu'à ce que mon cher mari
affirme que ça marcherait mieux
si je branchais la prise.

Gros bisous à toi et à papy.

Ginie

Confinement : jour je sais plus

21 avril 2020

Chère mamie,

j'espère que tu vas bien
et que papy aussi.
J'ai arrêté de compter.
Certains font des décomptes
jusqu'au 11 mai, mais tu me connais.
Je n'aime pas trop les vagues,
et la perspective de s'en prendre
une deuxième alors qu'on n'a pas repris
notre souffle me laisse penser que je vais
attendre le retour du drapeau vert.
Hier, pour la première fois, mon fils
a rampé et s'est mis à quatre pattes.
Quand on se déconfinera, il pourra
passer le permis.
Malgré quelques intempéries, le moral
est ensoleillé. Mon cher enfant (le grand)
passe du temps dans sa cabane, érigée
entre le canapé et l'escalier. Il affirme
que, quand il sera grand, il vivra
dans une maison près de la nôtre.
Je sais bien que c'est faux, mais je savoure
ces promesses d'enfance auxquelles
je repenserai un jour le cœur serré.

Heureusement, il s'arrange toujours
pour contrebalancer. Alors que
l'on s'apprêtait à regarder « Fantasia »,
je lui ai appris que le film était sorti
en 1940, soit cinq ans après ta naissance.
Il a plissé les yeux, réfléchi un instant,
puis il m'a demandé quel âge j'avais,
à l'époque. Son père a beaucoup ri,
il se prend pour un adolescent
sous prétexte qu'il a un an de moins
que moi. Le soir, venu, quand il a fait
une tentative de rapprochement,
j'ai décliné : « Tu comprends mon chéri,
il faut que je m'économise,
avec mon ostéoporose. »
Depuis, il ne cesse de vanter mon teint
de jeune fille, mais je ne suis pas dupe.
Le confinement n'est pas l'ami
de ma peau, je suis devenue un arbre,
tu peux compter le nombre de jours
sur mon visage. De loin j'ai une peau
de pêche, de près j'ai une peau
de testicule.

Gros bisous à toi et à papy.

Ginie

Confinement : jour 39

23 avril 2020

Chère mamie,

J'espère que tu vas bien
et que papy aussi.
Ce matin, je devais enregistrer
mon tout premier passage à la télé.
Bien entendu, cela se faisait depuis
chez moi, en visioconférence.
J'avais un peu le trac, tu me connais,
je n'avais quasiment pas dormi de la nuit.
J'ai mis du temps à me préparer,
il y avait du boulot.
J'avais épilé mes sourcils
la veille, j'ai appliqué le fond de teint,
le mascara, le rouge à lèvres
et j'ai coiffé mes cheveux.
J'avais une petite bombe de spray coloré
destiné à recouvrir
les racines blanches. Je ne l'avais jamais
utilisée, mais, vu la longueur desdites
racines, j'ai pensé que c'était le moment
idéal. J'ai regardé l'heure : il ne me restait
que deux minutes.
J'ai vaporisé le produit sur ma chevelure
en me félicitant : le résultat était plutôt

réussi, le blanc était devenu brun,
il ne me restait plus qu'à remettre
cette petite mèche en place et...
Et merde.
En déplaçant la mèche, je me suis mis
du noir sur le front. J'ai mouillé un gant
et doucement frotté ma peau.
Le noir s'est étalé.
J'ai regardé l'heure : on y était. Ils allaient
m'appeler d'une seconde à l'autre.
En tremblant, j'ai trempé le gant
dans le savon, et j'ai frotté.
C'était pire. J'avais du noir de la tempe
à l'aile du nez. Dans ma tête, ça tournait
à mille à l'heure : c'était une catastrophe,
j'allais faire ma première télé
avec le même pelage que ma chienne,
je serais au zapping pendant les trois
prochaines décennies, ce n'était pas
possible.
Au bout de plusieurs interminables
minutes, j'ai réussi à tout faire disparaître.
Puis, pour camoufler les rougeurs
causées par les frottements,
j'ai prélevé une goutte de fond de teint
au bout du doigt, et je l'ai appliquée
précautionneusement.

Pas assez, manifestement,
puisque mon front s'est retrouvé gris.
J'en étais à me demander si ça se faisait,
de passer à la télé avec une cagoule,
quand ils m'ont envoyé un SMS
pour me prévenir qu'ils auraient
un peu de retard.
Je t'avertis donc que ta petite-fille
passera à la télé vendredi soir.
Sans noir sur le front, ni cagoule,
mais avec un sourire crispé.

Gros bisous à toi et à papy.

Ginie

Confinement : jour 40

24 avril 2020

Chère mamie,

j'espère que tu vas bien
et que papy aussi.
Ce matin, je me suis dit que ça avait
assez duré. J'avais besoin d'aller nager
dans l'océan, de sentir l'eau sur ma peau,
et rien n'aurait pu m'en empêcher.
J'ai donc préparé un sac à la hâte et,
avant de changer d'avis, je suis allée
à la plage.
Il n'y avait personne. Le soleil se cachait,
l'air était un peu frais, mais ce n'était pas
ça qui allait m'arrêter. J'ai ôté tous
mes vêtements, je les ai jetés par terre
et j'ai couru vers l'eau.
Elle était froide, mais j'étais tellement
heureuse de la retrouver que je ne lui
en ai pas tenu rigueur.
Je l'ai laissée caresser ma peau,
envelopper mes sens, dissoudre
mon stress, j'ai plongé tout au fond, flotté
à la surface, j'étais bien.
J'ignore combien de temps je suis restée
comme ça, portée par l'eau.

J'étais en train de nager le crawl
quand quelque chose m'est tombé
sur la tête dans un fracas assourdissant.
Immédiatement, comme sortis de nulle
part, des gens sont arrivés. J'ai reconnu
mon mari et mon fils. Ils étaient hilares.
Vexée, je me suis extirpée du rideau
de douche qui avait failli m'assommer,
et je suis sortie de la baignoire
en me promettant de nager plutôt
la brasse, la prochaine fois.

Gros bisous à toi et à papy.

Ginie

Confinement : jour 41

25 avril 2020

Chère Nonna,

ici ton arrière-petit-fils.
Maman est sous la douche, j'ai pris son téléphone pour lancer un SOS. J'en peux plus, elle sait plus quoi inventer pour m'occuper, elle n'a pas compris que je voulais juste regarder des dessins animés et jouer à la console. Aujourd'hui, elle a voulu qu'on fasse un herbier. On est donc allés couper des fleurs dans le jardin, et à chaque fois, il fallait qu'on cherche dans un livre à quelle espèce elles appartenaient. C'était d'un pénible... Heureusement, à un moment il y a eu un peu d'animation : en attrapant un bouton d'or, maman s'est retrouvée avec une araignée sur la main. Elle s'est mise à hurler en gesticulant, je pense que tous les voisins ont bien entendu qu'elle appartenait à l'espèce des connasses. Pour se remettre de ses émotions, elle a imposé une séance de yoga à toute la famille. Papa a essayé

de se défiler en prétextant un appel urgent, mais elle a réussi à le persuader en lui parlant de dormir sur une béquille ou un truc comme ça, j'ai pas tout compris, papa ne ressemble pourtant pas à un vélo.
On a poussé la table basse et le tapis, on s'est changés et on a lancé la vidéo. Au bout de trois minutes, la dame nous a dit de toucher nos pieds, trop fastoche, sauf que maman n'a jamais réussi à se relever.
C'est pratique, tu me diras, maintenant on peut la ranger dans le placard à côté de la planche à repasser.
Ça ne l'a pas empêchée de se lancer dans la préparation de cookies.
Comme à chaque fois, en les sortant du four, elle s'est étonnée qu'il y en ait si peu. Si elle était meilleure en maths, elle comprendrait peut-être qu'il y en aurait plus si elle ne mangeait pas la pâte au fur et à mesure.
La bonne nouvelle, c'est qu'elle a arrêté de confectionner des masques. Sérieux, après en avoir réussi un, elle s'est prise pour Jeanne-Paulette Gauthier,

elle en a fait pour toute la famille,
les voisins, etc. C'est gentil, je dis pas,
mais ç'aurait aussi été gentil
de nous laisser des draps.
Je te laisse, la voilà qui revient. Nonna,
je t'en supplie, au nom du père, du fils
et du Saint-Môret, délivre-nous
de maman.

Ton pauvre arrière-petit-fils.

Confinement : jour 42

26 avril 2020

Chère mamie,

j'espère que tu vas bien et que papy aussi.
Ça pourrait bien se passer. Je veux dire,
on est chez nous, ensemble, en faisant
un effort d'imagination, on pourrait
se croire dans un long dimanche,
et attendre le lundi en serrant les dents.
Mais non. Mon confinement
est un 1er avril permanent. Le jour
de ma naissance, ce n'est pas une fée
qui s'est penchée sur mon berceau,
c'est Marcel Béliveau.
Hier soir, alors que je dégustais
un des cookies que j'avais préparés
l'après-midi avec amour et cholestérol,
j'ai senti un truc bizarre au niveau
d'une dent. J'ai passé ma langue dessus,
mais elle était occupée avec le chocolat,
il ne faut rien lui demander
dans ces cas-là. Le bout de mon doigt
m'a confirmé que ça n'allait pas fort
chez une molaire. J'ai donc entrepris
de la prendre en photo, afin de mesurer
l'étendue des dégâts.

Seuls ceux qui ont déjà tenté d'immortaliser leurs dents du fond savent à quel point c'est périlleux. Mon téléphone étant plus large que ma bouche, j'ai failli lancer une nouvelle tribu. Après le plateau dans la lèvre, le smartphone dans la bouche.
J'ai fini par m'apercevoir que le bridge qui remplaçait ma dent était parti voir ailleurs s'il y était, laissant à la place un magnifique morceau de métal.
Je ne sais pas dans quel état je vais terminer ce confinement, mais il n'est pas exclu que je sonne aux portiques de sécurité.

Gros bisous à toi et à papy.

Ginie

P-S : toi aussi, tu vois un caniche royal sur la photo ?

Confinement : jour 44

NIVEAU DÉBUTANT

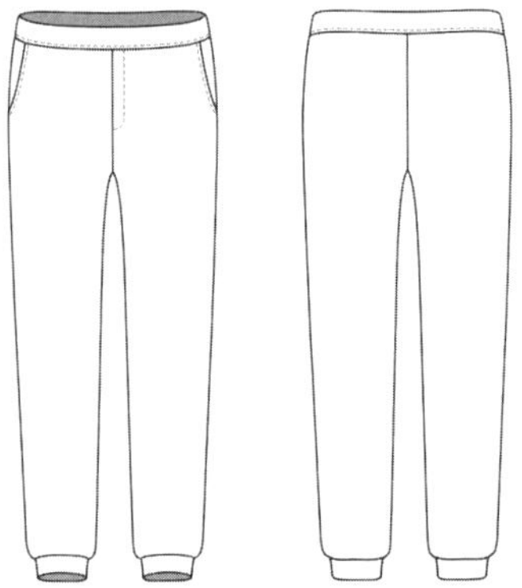

28 avril 2020

Chère mamie,

J'espère que tu vas bien
et que papy aussi.
Forte de mon expérience réussie
en tant que créatrice de masques,
j'ai décidé de passer à l'étape supérieure.
J'ai trouvé en ligne le patron
d'un pantalon large tout à fait
à mon goût. Il était en anglais,
mais ça ne m'a pas arrêtée :
je suis loin d'être bilingue,
mais je le comprends bien.
Pour les termes techniques, il me suffirait
de demander la traduction à Google.
J'ai imprimé le patron et je l'ai reproduit
sur une nappe en papier. À chaque
étape, je ne manquais pas de faire
remarquer à mon mari et mes enfants
à quel point leur femme/maman
était douée.
J'avais prévu les marges,
j'ai vérifié le tracé plusieurs fois,
puis j'ai épinglé le patron sur le tissu,
et j'ai découpé les pièces.

Je te le raconte en deux lignes, mais, tu es bien placée pour le savoir, chaque étape demande beaucoup de temps. Ça m'a pris des heures, et le bout de l'index gauche, qui n'a pas apprécié les assauts des épingles.
Je te laisse imaginer comme je fanfaronnais, face à mes morceaux de tissu parfaitement coupés.
– Vous vous rendez compte que je ne savais même pas coudre un bouton ? je n'arrêtais pas de répéter.
Il ne me restait plus qu'à assembler.
J'ai rapidement vu que quelque chose clochait. La jambe gauche et la jambe droite, censées se rejoindre au centre, ne s'adaptaient pas du tout.
J'ai repris les instructions, en décortiquant chaque phrase.
Au troisième paragraphe, j'ai compris.
J'avais coupé les deux avants et les deux arrières sur l'endroit.
J'avais fabriqué le premier pantalon avec deux jambes gauches.
J'ai tout plié, tout rangé, et, quand mon cher mari m'a demandé pourquoi je ne terminais pas, j'ai répondu

que c'était trop facile pour moi,
que je trouverais plus tard un patron
digne de mon talent.

Gros bisous à toi et à papy.

Ginie

P-S : si tu connais quelqu'un
avec deux jambes gauches,
fais-moi signe.

Confinement : jour 45

29 avril 2020

Chère mamie,

j'espère que tu vas bien
et que papy aussi.
Habituellement, pendant les vacances
d'avril, on monte dans la voiture
et on part faire de longues balades
en bord de plage. Cette année, on monte
dans des claquettes et on part faire
de longues balades autour de la maison.
Ce n'est pas si différent, après tout.
Quand la chienne se joint à nous,
on a même l'odeur de la marée.
Les enfants sont toujours aussi
adorables. Le petit se prend pour Tarzan,
et mes cheveux sont ses lianes,
et le grand m'a annoncé de but
en blanc que j'étais presque
la meilleure maman de la terre,
et que ce presque pouvait disparaître
si je lui autorisais un temps plus long
sur la tablette.
Mon cher mari n'est pas en reste.
Hier soir, alors que je préparais le dîner,
je lui ai demandé s'il pouvait me mettre

la télé. Il a répondu que, à son avis,
elle ne rentrerait pas.
Je suis donc bien entourée,
comme tu peux le constater.
Même mon miroir m'en veut :
je me suis rendu compte d'un drôle
de phénomène.
Mes racines sont désormais blanches,
ce qui ne me pose pas vraiment
problème, je réfléchis même à la
possibilité de ne plus y toucher.
Mais, juste en dessous, sur plusieurs
centimètres, la coloration a dégorgé
jusqu'à atteindre une espèce
de marron clair orangé, appelée
par les professionnels capillaires
la nuance L'Oréal Gastro.
Le reste des longueurs étant brun,
je suis donc pourvue d'une magnifique
chevelure tricolore, qui n'est pas
sans me rappeler mon cher Fifi,
le cochon d'Inde de mon adolescence.
J'imagine que tu n'as pas oublié Fifi,
qui vivait en liberté dans l'appartement
et avait pris ton gros orteil
pour une carotte, mais, dans le doute,
j'ai retrouvé une photo, ce qui m'a fourni

une bonne nouvelle :
j'ai laissé mon vernis à ongles bleu
dans les années 90.

Gros bisous à toi et à papy.

Fifi, pardon, Ginie.

Confinement : jour 47

30 avril 2020

Chère mamie,

j'espère que tu vas bien et que papy aussi. Ça commence à devenir long. La vitalité a cédé la place à une espèce de lasse résignation. Les premières semaines, grisée par tout ce temps après lequel je n'avais plus à courir, je n'arrêtais pas. Désormais, j'ai l'énergie d'une algue dans un aquarium. Et je ne suis pas loin d'en avoir la consistance.
La météo n'y est sans doute pas pour rien, le ciel ne cesse de pleurer, on dirait moi enceinte devant une pub pour du jambon.
Malheureusement, mes chers enfants ne semblent pas souffrir du même manque d'entrain. Le petit rampe désormais comme un G.I. et visite chaque recoin de la maison, faisant tomber au passage tout ce qui est à sa portée. Hier, il a découvert la terre dans le pot du yucca. Aujourd'hui, les croquettes dans la gamelle de la chienne.

Le grand, quant à lui, aimerait
que ses journées soient un enchaînement
de jeux de société, et il semblerait
que je sois sa partenaire favorite,
peut-être parce que son père disparaît
systématiquement aux toilettes quand
il dégaine la boîte de Monopoly. Ah ça,
son transit ne passe par la case départ.
Heureusement qu'ils sont là pour
m'obliger à bouger, cela dit, parce que
le canapé a pris la forme de mes fesses,
et vice-versa.
Et puis, leur reconnaissance
fait tellement chaud au cœur. Hier soir,
alors que je couchais le grand,
je lui ai demandé ce qu'il aimait le plus,
dans ce confinement. Je m'attendais
évidemment à « être avec toi toute
la journée », « tes gâteaux »,
ou autre déclaration, mais il préfère
manifestement sa console de jeux.
Cet enfant ne mérite pas
mon épisiotomie.

Gros bisous à toi et à papy.

Ginie

Confinement : jour 49

2 mai 2020

Chère mamie,

j'espère que tu vas bien et que papy aussi.
Hier, ma voisine m'a envoyé
un message pour me demander
si je pouvais la rejoindre à la barrière.
Elle n'en disait pas plus.
Avant, on se saluait de loin en relevant
le courrier, on échangeait à l'occasion,
je ne connaissais pas son nom.
Et puis, on a dû rester chez nous.
Rapidement, mon fils s'est mis à discuter
avec sa fille. Pour m'assurer
qu'il respectait les distances de sécurité
imposées par mon anxiété, j'ai tracé
une ligne dans le gravier. Trois mètres,
c'était bien.
On a retiré les lames qui rendaient
la barrière opaque.
Les phrases sont devenues plus longues.
J'ai installé des sièges, à trois mètres
de la barrière. Elle a posé une chaise
de son côté.
Les confessions sont devenues
plus intimes.

Sans s'en rendre compte,
en fin d'après-midi, on s'est attachées
à ce rendez-vous qui n'en est pas un.
On parle du virus, des enfants, de nous,
du voisin qui tousse dans le sens du vent,
on rit souvent, on râle un peu,
on pleure parfois.
Quand j'ai reçu son message, j'ai enfilé
mes chaussures et je l'ai rejointe
à la barrière. Elle m'attendait, un brin
de muguet à la main.
« Ne t'inquiète pas, elle m'a dit,
j'ai désinfecté l'emballage. »
Le soir, en cherchant le sommeil,
j'ai songé que c'était drôle, quand
même, qu'un confinement fasse tomber
des barrières. Il aura fallu ça pour que
je sache que, à quelques mètres de moi,
vit Sophie, capable d'offrir du muguet
désinfecté à sa voisine hypocondriaque.

Gros bisous à toi et à papy.

Ginie

Confinement : jour 51

LE TITRE DE L'ÉMISSION
INTERDITE À PÉKIN
COCASSE
PRODUIT DOPANT
SONORITÉ POÉTIQUE
DÉBUT DU PRIMAIRE
UN POIL

4 mai 2020

Chère mamie,

j'espère que tu vas bien
et que papy aussi.
Dans une semaine, j'arrêterai de t'écrire.
J'enfilerai un masque, je sauterai
dans ma voiture et je pousserai
ton portail blanc. On restera à distance,
on s'enlacera avec les yeux,
et on se posera dans ton jardin,
ensemble enfin, pour discuter
de ce drôle d'hier et de cet impalpable
demain où on pourra se serrer fort.
En attendant, voici les nouvelles du jour.
Les vacances sont finies, les cours
ont repris, mais pas la motivation.
Mon cher enfant passe plus de temps
à compter ses cheveux qu'à faire
ses exercices. Quand je lui ai demandé
s'il faisait pareil avec la maîtresse,
il a répliqué que non, mais que, elle,
au moins, ne ronflait pas pendant
la classe.
Le petit prononce ses premières syllabes.
Évidemment, tu me connais,

je ne lui mets absolument pas
la pression pour qu'il enchaîne
un « ma » et un « man ». À un moment,
fortuitement, il l'a fait. Je me suis ruée
sur le téléphone, j'ai lancé l'enregistrement
vidéo et j'ai attendu qu'il réitère l'exploit.
Il a fallu moins d'une minute
pour qu'il articule fièrement « papa ».
J'ai supprimé la vidéo.
Ce confinement fait naître de nouvelles
compétences. Depuis que j'ai découvert
que je pouvais coudre des masques
qui ressemblaient vraiment
à des masques, une idée a germé
dans ma tête : et si j'étais capable
de coudre autre chose ? Ni une ni deux,
j'ai commandé tout le nécessaire
pour faire une jupe et des lingettes
lavables. Et puis, de fil en aiguille
(jeu de mots de couturière), mon panier
s'est rempli de choses dont j'ignorais
l'existence jusqu'alors, mais qui tout
à coup me devenaient indispensables,
comme un kit pour apprendre
la broderie.
J'ai dû mener une lutte acharnée
pour résister à l'appel du crochet.

Je te laisse, Charles étant encore en train de couper du bois, je dois aller tricoter une ceinture de chasteté pour Laura.

Gros bisous à toi et à papy.

Ginie Ingalls

P-S : parmi mes nouvelles occupations de jeune, je m'adonne aux mots fléchés. Tu savais, toi, qu'ils avaient interdit la bite à Pékin ?

Confinement : jour 53

En confinement, un couple sur cinq n'a plus de rapport sexuel

Baisse de libido et chute de l'activité sexuelle, le confinement a un impact sur tous les Français, qu'ils soient célibataires ou en couple.

Le HuffPost

05/05/2020 08:02 CEST

6 mai 2020

Chère mamie,

j'espère que tu vas bien et que papy aussi.
Je lisais hier que 6 % des couples
prévoyaient de prendre un peu
de distance à la fin du confinement.
À l'inverse, plus de 20 % voient
leur relation renforcée par la situation.
Si l'institut de sondage m'avait interrogée,
j'aurais été bien emmerdée pour choisir.
À 15 h 00, je l'observe avec les yeux
en cœur, mesurant ma chance de vivre
le confinement avec cet homme doux,
patient, drôle, généreux, je lui déclare
mon amour, à la vie à la mort, si tu sautes
je saute, je suis prête à me tatouer
son visage sur le biceps et à lui donner
un rein.
À 15 h 07, je cherche sur Google
« divorcer en ligne TOUT DE SUITE ».
Il exagère, aussi. Il respire pendant
que j'essaie de me concentrer
sur Candy Crush.
Ce n'est pas sa faute, c'est juste
la nature. On n'est pas faits

pour se supporter H24, on n'est pas des koalas. Ce serait pareil avec Brad Pitt : essaie de m'obliger à rester dans la même maison que lui, au bout de 10 jours je le renvoie aux States en vol direct comme un javelot. Même mes enfants, que j'aime pourtant au point de les avoir laissés transformer mes seins en figues séchées, me donnent régulièrement envie de remplir une attestation de sortie pour m'enfuir dans un rayon d'un kilomètre. J'ai lu que, pour préserver la bonne unité familiale, il fallait s'octroyer des moments de solitude. Je ne sais pas comment ça se passe chez les autres, mais même aux toilettes je ne suis pas seule. Mes enfants semblent penser que, si je suis sur le trône, je dois forcément être entourée de ma cour. Vivement que ce soit fini, que je me mette à regretter ces bons moments.

Gros bisous à toi et à papy.

Ginie

P-S : la photo n'a aucun rapport,
c'est juste pour que je pense à l'accrocher
au-dessus du lit.

Confinement : dernier jour

10 mai 2020

Chère mamie,

j'espère que tu vas bien et que papy aussi. Je l'ai attendu, espéré, fantasmé, pourtant, à l'approche du déconfinement, je me sens plus angoissée qu'euphorique.
Il y a quelques mois, si quelqu'un nous avait dit qu'un virus envahirait la planète et qu'on devrait rester enfermés chez nous pour l'empêcher de circuler, on aurait répondu « OK Bruce Willis, appelle Drogues info service ».
Et puis, c'est arrivé. Il y a eu un moment de sidération, plus ou moins long, mais on s'est habitués. C'est devenu normal. Je crois que c'est ce qui m'a le plus marquée, dans cette histoire : on s'habitue à tout, même à l'inconcevable. La vie avec les autres me semble appartenir à un lointain passé, au point que, quand je vois des gens se serrer dans les bras dans un film, je suis à ça de les asperger de gel hydroalcoolique.

Après deux mois à me sevrer d'avant, l'idée d'y retourner me donne des palpitations. Je vois l'extérieur comme un danger et les autres comme des menaces. La normalité est devenue anormale.
On est à la veille d'un rendez-vous avec un inconnu. On a hâte, mais un peu peur. On va y aller la boule au ventre, on va être sur nos gardes, mal à l'aise, et puis, petit à petit, on va se détendre. On va apprécier. Et, un jour, on se demandera comment on a fait pour vivre sans lui.

Gros bisous à toi et à papy.

Ginie

Déconfinement :
jour 1

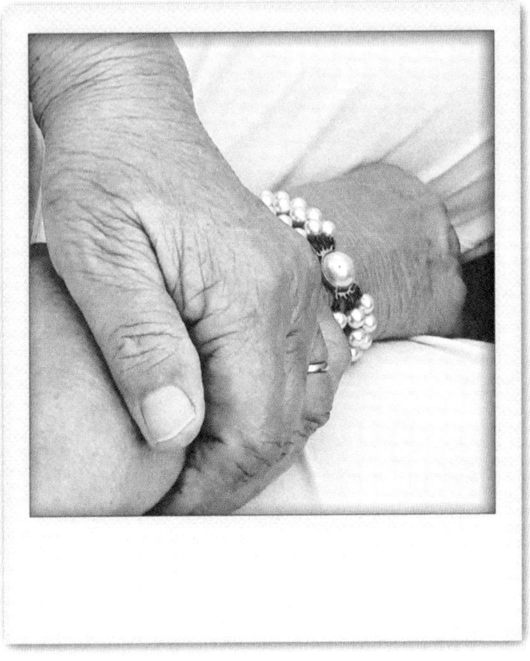

11 mai 2020

Chère Ginie,

ici mamie. J'espère que tu vas bien
et que tes hommes aussi.
Je sais que tu es sur la route. Je t'attends.
Le portail est ouvert, et j'ai mis ma robe
bleue. J'espère que le petit me
reconnaîtra.
Je suis heureuse que tu m'aies écrit tous
les jours. Cela me permettait d'avoir
de vos nouvelles, bien sûr, mais ce n'est
pas la raison principale. Je sais à quel
point ces cartes ont compté pour toi.
Plusieurs fois, au téléphone, tu m'as parlé
des commentaires et des messages
que des gens t'envoyaient après
les avoir lues. Je n'ai pas tout compris,
je ne vois pas bien comment des gens
ont pu lire notre correspondance,
mais peu importe : si tu en as l'occasion,
remercie-les de ma part. Ils t'ont fourni
un peu de bonheur dans cette parenthèse
étrange.
Cinquante-cinq jours. On l'a fait.

J’entends le portail qui grince. Il faut que je dise à papy de mettre de l’huile. J’ai les mains qui tremblent. Tu crois que le petit va me reconnaître ? La porte s’ouvre. J’entends vos voix. Le brouillard se lève. Mamie arrive, ma chérie.

Remerciements

Je tiens à commencer par une pensée chaleureuse pour celles et ceux qui ont perdu quelqu'un pendant la pandémie. Rester chez nous n'aura été qu'un infime sacrifice au regard du chagrin que beaucoup ont connu.

Merci aux lectrices et lecteurs de m'avoir accompagnée pendant tout le confinement. Cette période a été un traumatisme collectif, et ce lien entre nous m'a été précieux. Vos commentaires et vos messages m'ont encouragée à écrire chaque jour, même ceux où le moral n'était pas de la partie. On a vécu quelque chose d'historique, on ne l'oubliera sans doute jamais, et, dans longtemps, quand j'y repenserai, vous serez dans mes souvenirs.

Merci à mes fils, mon mari et ma chienne, qui sont devenus les personnages (souvent caricaturés) de ce livre. C'est ici que je l'avoue : j'ai aimé traverser ce confinement avec vous. Les cours de grammaire et les nuits hachées me manqueront un jour, j'en suis sûre.

Merci à ma chère mamie, et à mon cher papy. C'était dur, ces 55 jours sans vous voir.

Merci à mes éditeurs, Fayard et Le Livre de Poche, de me suivre une nouvelle fois dans une aventure caritative. Vous n'hésitez pas à faire primer l'humain sur le reste, c'est l'une des raisons pour lesquelles je mesure ma chance d'être tombée chez vous.

Merci à celles et ceux qui ont soigné, livré, encaissé, enseigné, mis en rayon, servi, transporté, écouté, nettoyé, réparé, fabriqué. On s'est senti bien impuissants, avec nos applaudissements comme seul soutien. Sans vous, on n'aurait pas pu. On n'oubliera pas.

FONDATION

Hôpitaux de Paris
Hôpitaux de France

Reconnue d'utilité publique

Les bénéfices de ce livre seront reversés à la Fondation Hôpitaux de Paris-Hôpitaux de France, qui œuvre depuis sa création en 1989 à l'amélioration des conditions d'accueil et de vie à l'hôpital. À ce jour, plus de 15 000 réalisations ont déjà été financées.

Au cours de la crise sanitaire Covid-19, la Fondation a mis en place un Fonds d'aide d'urgence pour venir en aide aux hôpitaux, aux patients et au soignants dans ce contexte difficile.

À travers ce Fonds d'aide d'urgence la Fondation a soutenu :

- Les établissements hospitaliers, à travers l'achat de matériel médical et paramédical ;
- Les soignants à travers la livraison de repas chauds directement sur le lieu de travail ou encore la prise en charge de frais divers (frais de transport, d'hébergement, de garde d'enfants...) ;
- Les patients, à travers la livraison de tablettes numériques dans les hôpitaux ou les EHPAD pour leur permettre de maintenir un lien avec leurs familles.

Après avoir accompagné les hôpitaux et EHPAD tout au long de la crise aiguë et du confinement, la Fondation reste présente pour soutenir et ancrer sur le long terme des projets nés de la crise au bénéfice des soignants et des patients, notamment :

- Des projets rapprochement des familles permettant de respecter les contraintes de distanciation physique : salons d'accueil, aménagement de jardins, chambres d'hôte pour les proches ;
- La création d'espaces détente pour les soignants dans les hôpitaux ;

- Des offres de répit ponctuelles pour des familles de personnes malades ou porteuses de handicaps, durement éprouvées par les deux mois de confinement.

Pour faire un don :
www.fondationhopitaux.fr/nous-soutenir/

PAPIER À BASE DE FIBRES CERTIFIÉES

Le Livre de Poche s'engage pour l'environnement en réduisant l'empreinte carbone de ses livres. Celle de cet exemplaire est de :
660 g éq. CO_2
Rendez-vous sur www.livredepoche-durable.fr

Composition réalisée par PCA

Achevé d'imprimer en décembre 2020 en Espagne par
EGEDSA
Dépôt légal 1re publication : novembre 2020
Edition 03 - Décembre 2020
LIBRAIRIE GÉNÉRALE FRANÇAISE
21, rue du Montparnasse – 75298 Paris Cedex 06